Yon Bèl Kado pou Bili

A Beautiful Present for Bili

NIVO LEVEL
2C

AUTHOR:
Martyna Dessources

ILLUSTRATOR:
Audeva Joseph

TRANSLATOR:
Glenda Lezeau and Wynnie Lamour

CREATIVE DIRECTOR & EDITOR:
Michael Ross

EDITORS:
**Estie Berkowitz, Wynnie Lamour, Françoise Thybulle,
Sabrina Greene, Taniya Benedict and Tanyella Evans**

nabu.org

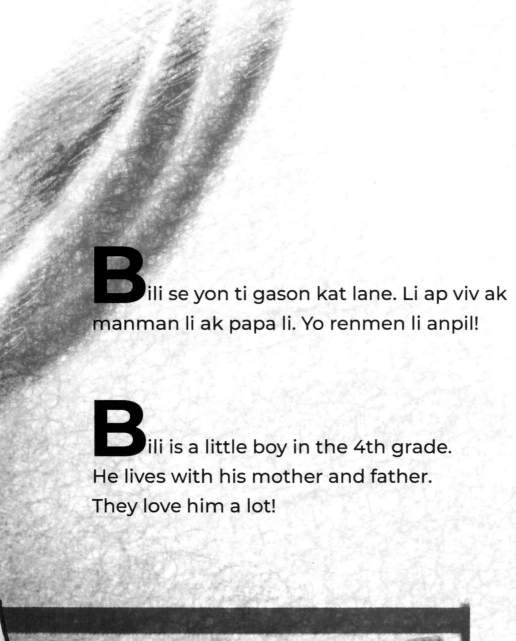

Bili se yon ti gason kat lane. Li ap viv ak manman li ak papa li. Yo renmen li anpil!

Bili is a little boy in the 4th grade. He lives with his mother and father. They love him a lot!

Chak maten, manman Bili leve li pou li prepare li pou lekòl.

Bili renmen sa. Li renmen ale lekòl pou aprann li, chante epi wè ak zanmi li yo. Depi inifòm li sou li, li pa vle rete nan kay la.

Every morning, Bili's mom wakes him up to get him ready for school.

Bili likes that. He likes going to school to learn how to read, to sing, and to see his friends.

As soon as his uniform is on, he is ready to leave the house!

Yon jou, pandan manman an ap prepare Bili, manman an kouri chita. Li rele sèvant lan li di: "Tanpri fin prepare Bili, mwen pa santi mwen byen."

One day, while Bili's mom is getting him ready, she runs to sit down. She calls the maid and tells her, "Please finish getting Bili ready, I am not feeling well."

Bili ale lekòl, li tounen.

Li ale nan chanm manman li an.

Li jwenn manman li kouche.

Bili te sere manje pou manman an
nan bwat li, li kouri al dèyè li.

Bili goes to school and then returns.

He goes into his mom's room.

He finds his mom lying down.

He runs to get the food he saved for
her from his lunchbox.

Chak jou Bili soti lekòl, li toujou jwenn manman li kouche, sa fè li tris.

Lekòl la, li pa vle jwe ak zanmi li yo ankò.

Manman ak papa li wè kè li pa kontan.

Yo wè se paske manman an malad la ki fè li konsa.

Every day when Bili comes home from school,
he always finds his mom lying down.
This makes him sad. At school, he doesn't want
to play with his friends anymore.
His mom and dad see that he is not happy.
They realize that he feels this way because his
mom is sick.

Yo deside di li sa manman an genyen.

Manman Bili di:

**—Bili cheri, mwen pa malad tande.
Se yon kado mwen pral ba ou.
Se yon ti sè map fè pou ou.**

Bili kontan, li ri!
Epi li mache di tout ti zanmi li yo sa.

They decide to tell him what is really happening.

Bili's mom says,

**—Listen, Bili, sweetheart, I am not
sick. I am giving you a gift. I am
giving you a little sister.**

Bili is happy and he laughs!
And then he goes and tells all his friends.

Kounya chak jou, Bili ap mande manman li kote kado a. Yon bon jou, manman an di li:

—Kado a anndan vant mwen.

Depi Bili soti lekol kounya, li kouri vin bo vant manman li.

Now every day, Bili asks his mom where his gift is. One good day, his mom tells him,

—The gift is in my stomach.

Now, as soon as Bili comes home from school, he runs to kiss his mother's stomach.

Yon jedi maten, Bili tande manman li ap rele. Papa a mande sèvant lan pou li mennen Bili lekol. Bili kriye, li pa dakò ale pandan manman li ap rele a.

One Thursday morning, Bili hears his mom screaming. His father asks the maid to take Bili to school. Bili starts crying because he doesn't want to go while his mom is screaming.

Li ale paske papa li di yo ap kite kado a pou li. Kou li vini, li kouri nan chanm nan pou li wè kado a. Sou kabann nan bò manman li, li wè yon bèl tibebe, Maliya!

He goes because his dad tells him they are going to leave the present for him. As soon as he comes home, he runs to his room to go see the present. On the bed next to his mom, he sees a beautiful little baby, Maliya!

Depi Maliya fin fèt la, Bili pa vle
moun pwoche bò kote li. Li renmen
Maliya anpil! Li di tout moun se kado
manman li ba li.

After that, Bili doesn't want anyone
else to hold his sister Maliya. He
loves Maliya a lot! He tells everyone
that his mom gave him a gift.

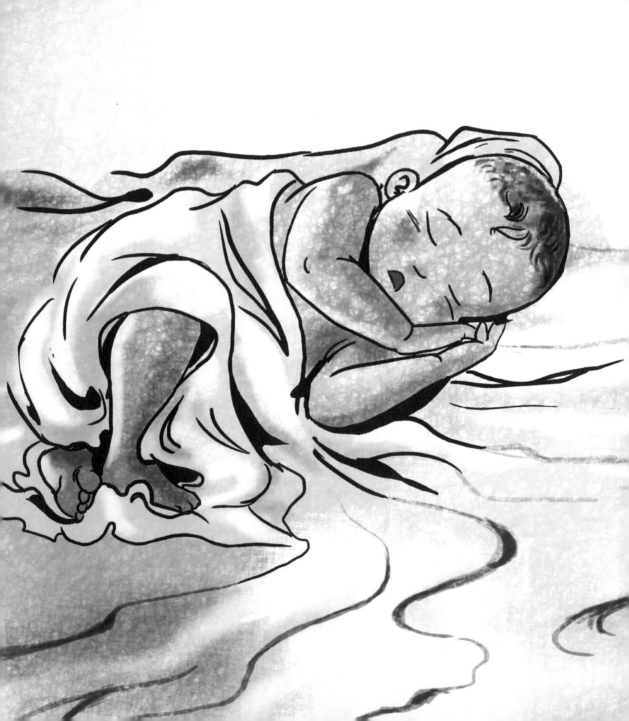

Se pi bèl kado Bili jwenn!

This is the most beautiful gift that
Bili has ever received!

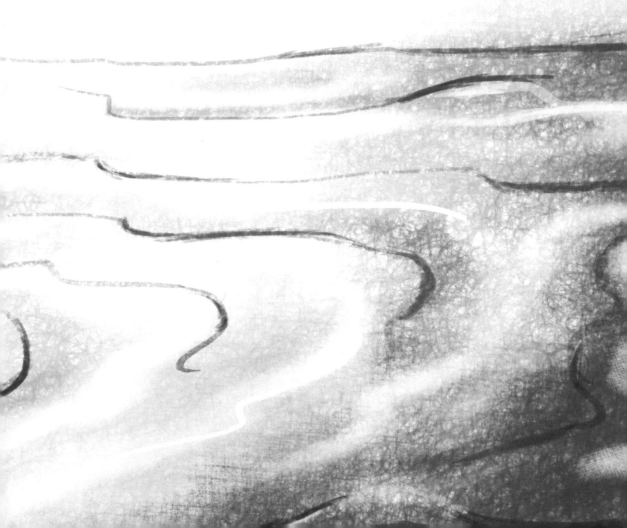

Yon Bèl Kado pou Bili

A Beautiful Present for Bili

NABU

nabu.org

110 East 25th Street,
New York, NY 10010